À l'heure enchantée de l'amour
Un conte de l'Éternité
2ème édition révisée

Svétoslava Prodanova-Thouvenin

À l'heure enchantée de l'amour
Un conte de l'Éternité
2ème édition révisée

Avec les illustrations de l'auteur

Rédaction linguistique et technique
par Patrick Thouvenin

© 2011 Svétoslava Prodanova-Thouvenin

Éditeur : Books on Demand GmbH, 12/14 rond-point des Champs Élysées, 75008 Paris, France
www.bod.fr

Impression : Books on Demand GmbH, Norderstedt, Allemagne

1ère édition :
ISBN : 978-2-8106-1963-4
Dépôt légal : août 2010

2ème édition révisée :
ISBN : 978-2-8106-1349-6
Dépôt légal : juillet 2011

À Vous qui êtes l'Éternité

À l'heure enchantée de l'amour
Un conte de l'Éternité
2ème édition révisée

La ville somnolente dans la plaine était très fière de son horloge — la plus grande et la plus belle de toute la contrée. À chaque heure du jour et de la nuit, le Temps, dans les entrailles de cette imposante construction, poussait ses soupirs lourds et pleins d'ennui et l'horloge docilement les faisait retentir au-dessus de la ville provoquant l'insomnie soucieuse des adultes et des cauchemars chez les enfants. Ce qui ne laissait pas indifférent Boniface, le médecin de la contrée.

Docteur Boniface avait ses comptes à régler avec le Temps — cet adversaire qui souvent ne lui laissait aucun espoir dans sa lutte contre les maladies, qui en inventait des nouvelles, qui défiait la vie avec la légèreté d'un enfant gâté...

La vie, ce miracle aux yeux lumineux et à l'âme d'artiste... Ce miracle, toujours prêt à ressurgir après avoir disparu, à réveiller les espoirs les plus fous, à faire taire la moindre manifestation de scepticisme à son égard. Docteur Boniface aimait à la folie sa force d'enchanteur des âmes enfantines, et, dans sa jeunesse, avait signé un contrat avec l'Éternité qui demeurait incognito dans le pays. Selon ce contrat, le bon docteur avait la puissance de demander à cette Grande Dame de donner la vie éternelle à ceux qui d'une façon ou d'une autre avaient touché son cœur de grand enfant. À l'époque le Temps avait pris l'affaire très mal... L'amour est et reste une force qui appartient à l'Éternité, son arme préférée pour combattre le Temps. Une arme inaccessible à cet adversaire redoutable, une puissance vulnérable et invincible à la fois, incompréhensible et imprévisible, un pouvoir qui réside dans les cœurs jeunes et purs. Ce n'était donc pas souhaitable pour le Temps d'avoir contre soi un soldat de cette force magique, en plus allié de l'Éternité. Faute de pouvoir se servir de l'arme préférée de sa sœur ennemie, le Temps devait lui opposer toutes ses forces de nuire — et il en avait tout un arsenal... Le Temps et l'Éternité se livraient une bataille décisive à travers la capacité d'aimer de docteur Boniface !

L'édifice de l'Horloge avait son mot à dire dans cette guerre, c'était le rempart du Temps, sa tour d'attaque, son point de repli. Cette construction avait son histoire à laquelle se mêlait l'orgueil de la ville. Soucieux de son emprise sur les hommes, le Temps surveillait le docteur rebelle. Dur à suivre les mouvements libres d'un cœur qui appartient à l'Éternité ! Le Temps avait besoin d'un poste de surveillance et d'alliés.

Le médecin habitait un petit village blotti contre les flancs violets de la montagne. Ses patients, des braves montagnards, peuplaient le vallon au long des collines où une source vive et limpide faisait travailler le moulin de la contrée qu'on disait enchanté. Ce merveilleux pays n'était pas propice aux complots du Temps — les gens y mesuraient l'Éternité aux chants de quelques vaillants coqs, à la lumière des étoiles, à la lueur pourpre du soleil naissant.

En bas s'entremêlaient les chemins poussiéreux de la plaine. Au carrefour de tous les sentiers qui ne mènent nulle part se dressait la ville. Les citadins méprisaient les montagnards et voulaient défier la montagne sans jamais l'approcher. Cette union de l'orgueil et de l'ignorance plaisait au Temps puisqu'il composait le terreau idéal pour tout ce qui est temporel. Et le Temps descendit vers la plaine. Après tout il est profitable d'associer sa haine à la méchanceté de quelqu'un d'autre, et espérer que l'association malfaisante pourrait dominer l'alliance de l'amour...

À peine arrivé le Temps pressa ses minutes, ses heures, ses jours... Même le crépitement des secondes devint plus rapide. Les habitants de la ville n'avaient temps pour rien, la vie se transforma en course folle et haletante dont le seul but était d'arriver à vivre sans perdre du temps... le temps qui selon les citadins est argent... et l'argent coulait dans les bourses, couvrait sous son poids les moments jamais vécus de complicité affectueuse...

Dans l'ombre des vieux châtaigniers sur la place de Rêve l'horloger René tenait sa boutique. Pas très prospère, la boutique — René préférait rendre à ses clients leurs heures perdues d'amour et de tendresse que de leur proposer horloges et montres emballées dans la poursuite du succès qui remplit les caisses... René rêvait d'une horloge pas comme les autres, une horloge qui capterait l'éclat du soleil et la douce lumière des étoiles d'été, une horloge dont le mouvement s'alimenterait du souffle de l'Étendue. Plutôt que d'être un artisan René était un artiste dont l'esprit se nourrissait de la créativité de la vraie vie, la vie hors les murs de la ville, là où les crêtes de la montagne touchent le ciel et les lacs reflètent son infini azur... Et pourtant le monde des citadins s'agitait autour de lui, entraîné dans la danse folle des heures précipitées vers le néant.

Ses concitoyens demandaient la construction d'une Tour d'horloge pour rythmer leurs jours et leurs nuits. D'ailleurs la ville était déjà pourvue d'un éclairage artificiel — concurrent ambitieux des astres célestes... Une Tour dominerait la ville comme le Temps dominait leur vie, une Tour affirmerait l'autorité du Temps, et la simple bâtisse ne suffisait plus.

Les maçons se chargèrent de l'édifice et la ville commanda à René la conception du nouveau mécanisme. C'était l'une des tâches que le Temps impose aux hommes pour assurer son pouvoir, ces tâches qui forcent l'âme et l'esprit, les contraignent et les écrasent avant qu'ils se mobilisent à la résistance.

o-o-o

Le jour où l'horloger reçut la commande de la ville sa boutique accueillit une jeune Dame, rare cliente et aussi personne en son genre unique. Tout en elle était beau et extraordinaire, surtout son émanation de tendresse et la lumière pénétrante de ses yeux et de son sourire. René la regardait et pensait dans une rêverie brève et heureuse qu'il aimerait l'épouser...

– J'aimerais pouvoir compter les moments de bonheur éternel – dit la Dame comme si elle demandait quelque chose de commun, et ajouta pour préciser – vous savez, leur nombre, leur fréquence, leur intensité, tout ça, c'est extrêmement important, ces moments deviennent très, très rares, surtout ceux qui sont liés à la complicité affective, bref, à l'amour... — le sourire s'éteignit sur ses lèvres, elle eut l'air pour un court instant d'une enfant abandonnée, puis, devenant de nouveau charmante et majestueuse par la magie de la force qui illuminait son visage, elle reprit son discours :

— On m'a parlé de vous... semble-t-il vous êtes le seul dans ce pays qui serait en mesure de me fournir ce genre de petit appareil... si vous faisiez appel à vos rêves, à ce qui est au fond de vous-même, si vous unissiez votre volonté à la mienne, je vous assure, c'est primordial !

— Je le veux, Madame, — répondit le jeune horloger — je veux aller au fond de mon rêve, à vrai dire, belle Dame, je voudrais qu'il n'y ait pas de limite pour mon rêve... est-ce possible ? — demanda-t-il d'une voix tremblante mais pleine d'espoir.

— Tout est possible — dit la jeune femme d'un ton grave — tout est possible quand on met son rêve entre les mains de l'Éternité. Et, je peux vous le promettre, cher Monsieur, l'Éternité sera toujours favorable à vos rêves, s'ils sont faits de lumière ! Au revoir, mon cher allié, tenez vos promesses comme je tiendrai les miennes ! — elle sourit des yeux et sortit de la boutique en y laissant le parfum de sa présence. René la suivit pour fermer la porte et resta au pas de sa boutique le regard émerveillé — la jeune visiteuse avait disparu dans la légère brume suave qui enveloppait les châtaigniers sur la place de Rêve...

Le rêve, ce pays natal qui nous accueille sur son sol nous ouvrant les étendues infinies d'un bonheur futur qui existe déjà et qui nous appelle loin de la misère du présent et du triste souvenir du passé ; le rêve — un bonheur hors temps et hors circonstances qui nous attend si seulement on avait l'audace de marcher vers l'espace qui lui est réservé... Ce jour-ci René fit le premier pas vers cet espace — il traça sur papier le premier croquis de petit appareil dont avait besoin sa ravissante cliente. Le jeune maître avait déjà pensé auparavant à ce genre de « montre » qui pourrait donner à ses concitoyens la force de s'arracher au pouvoir du Temps et c'était une démarche un peu étrange pour un horloger, c'est vrai, mais René depuis toujours n'était pas comme les autres...

Mais le Temps essaie de piéger ceux qui échappent aux règles de son jeu périlleux.

Ce même jour René recevait une autre visite qui, elle, n'apporta rien de ravissant. Un fonctionnaire de la mairie vint déposer la demande du maire qui concernait la conception d'un mécanisme perfectionné pour la Tour de l'Horloge. Le Temps pressait les citadins à mesurer leurs angoisses, leurs craintes, la violence de leurs cœurs, l'impatience de leurs envies, les mesurer à la cadence des secondes qui galopent fouettées par la peur de s'arrêter... Sans même que

René ne se rende encore compte, son cœur et son esprit devenaient un champ de bataille entre l'Éternité et le Temps. Cette bataille qui déchire l'Étendue faisait maintenant passer la déchirure par le cœur d'un jeune rêveur qui ne demandait que d'aimer et d'être aimé. Ce rêve d'amour, caché au fond de lui-même, se plaçait désormais au centre de l'attention affectueuse de l'Éternité et des attaques furieuses du Temps. Un choix s'imposait à René et l'heure de choisir était venue.

Le jeune artisan passa la nuit à contempler les étoiles ; leur lumière lui rappelait le sourire radieux de cette femme charmante qui avait honoré de sa visite sa modeste boutique ; le souvenir de ce sourire ranimait dans son cœur son rêve caché et si cher, celui qui le faisait vivre et espérer, celui qui le guidait dans toutes ses décisions ; le choix se fit à la lueur envoûtante du ciel. René trouva la solution qui seule lui permettait de rester fidèle à son engagement envers la jeune enchanteresse : il allait créer un seul mécanisme, l'appareil que lui avait commandé la Fée de son rêve ! Il lui donnerait le rythme de son cœur, la précision de sa pensée, la force de sa vie, la solidité de son espoir, la puissance résolue de son abnégation, et le mouvement perpétuel de son amour qui le propulsait jusqu'au ciel matinal où seules les étoiles les plus optimistes pouvaient rivaliser avec le soleil émergeant de son sommeil. Ses idées étaient claires comme les eaux limpides qui jaillissent du cœur de la montagne ; il traça son projet sur un bout de papier et prit le chemin de son rêve — vers la montagne ! Le ciel qui brille dans toute sa splendeur loin des feux mensongers de la ville pourrait lui apprendre comment finaliser ce mécanisme inspiré par le cœur de l'homme...

Les ruelles étroites cédèrent place à un sentier couvert de cailloux scintillants qui longeait les bords d'une petite rivière prêtant ses eaux pures au jeu de la lumière. Cette lumière avait même un léger parfum qui se répandait dans l'air avec les chants des oiseaux et tout cela arrêtait le Temps aux confins de la ville. C'était un pays merveilleux, un pays qui appartenait à l'Éternité, à elle seule, dont les sujets habitaient la contrée. Tout y était différent, plein de charme et de sens particulier, et René sentit la joie profonde d'une appartenance au miracle de la vie abondante et généreuse qui jaillissait de chaque recoin de ce royaume enchanté. Une appartenance, il le savait, grâce à son amitié avec la jeune femme dont il avait fait connaissance le matin précédent. Il éprouva un désir fort de lui parler, de lui demander la permission de rester dans ce pays où rien n'était anodin ou futile, où il retrouvait la joie de vivre et le sens de la vie dans cette liberté d'esprit que lui conféraient les rives de la source transparente et l'air limpide qui sentait la lumière...

Le jeune horloger accéléra le pas, suivant la joie de son cœur. Un bruit de trottinement toucha ses oreilles — une charrette avançait sur le même sentier à la force paisible d'un petit âne gris bleuté comme les cimes lointaines des sapins sur l'horizon. La charrette, l'âne et la jeune fille qui les conduisait appartenaient au paysage envoûtant en lui empruntant les couleurs, les sons et les arômes. René salua allégrement, la jeune fille se tourna pour répondre, et il vit ses yeux souriants, tout comme les yeux de sa cliente ravissante. À la seconde même l'horloger comprit qu'en rejoignant cette fille dont le visage clair faisait battre son cœur il pourrait vivre dans le royaume enchanté de sa Fée de rêve, il pourrait vivre son rêve, lui donner une existence, l'amplifier, en toucher l'infini... Le Temps s'arrêta aux confins du Rêve réalisé. Les pas du petit âne cadençaient les moments vivifiants du bonheur ; le bonheur se reflétait dans ses yeux patients d'une couleur profonde qui rappelait les eaux brunâtres d'un petit lac pris dans l'étreinte ambrée de l'automne. D'en haut l'Étendue leur envoyait la lumière comme des eaux dorées dans lesquelles baignaient et se purifiaient

les pensées de leurs cœurs pour atteindre l'attitude de l'amour parfait, béni du sourire de l'Éternité.

Leurs pas légers ne touchaient plus le sentier scintillant de la montagne, ils se dirigeaient droit vers le ciel tout en continuant leur chemin sur la Terre... Suivant les courbes de la rivière ce chemin les amena au moulin enchanté sur la roue duquel les eaux limpides et joyeuses se transformaient en énergie, contentes de rendre leur gaieté utile. Pendant que René apprenait le charme qui lie la beauté, la joie et le bien, la belle donna un baiser au meunier, qui n'était autre que son père, et les deux s'affairèrent à décharger la charrette. L'horloger se pressa de leur prêter son aide. Les sacs de blé furent vite entreposés dans la grange, on abreuva la petite monture paisible et douce, puis la jeune fille lui apporta son manger. Devant les yeux émerveillés de René elle versa dans la mangeoire le contenu d'un des sacs qu'ils avaient tous les trois rangés dans la grange — les grains

étincelèrent telles étoiles venues du ciel pour nourrir la faim de lumière... Le menu âne ne s'étonna guère, regarda sa maîtresse avec reconnaissance dans ses yeux doux et goûta la force de l'Étendue.

L'air frais avait aiguisé l'appétit de René, il prendrait volontiers de cette nourriture céleste si naturelle ici, au bord des eaux vives qui faisaient transparaître le fond de la rivière couvert des galets polis. Dans l'air tourbillonnaient les arômes forts âpres-doux de la forêt de sapins qui tendait ses bras d'un vert profond vers le moulin. Les senteurs, les sons, la lumière effaçaient toute trace du Temps sur les sentiers de la contrée, et René commençait à croire que son adversaire invisible ne pouvait pas prendre le risque de marquer de son empreinte ce domaine acquis à l'Éternité. L'horloger se sentit en sécurité au point d'oublier sa faim, et la fille du meunier qui lui apporta sa part de pain couleur or d'étoiles le surprit en train de compter les pétales d'une marguerite sans oser de l'enlever à cette terre envoûtée...

– Je m'appelle Célestine et je t'aime — répondit simplement la jeune fille à la question que l'horloger avait posé à la fleur, et ajouta :

– Mange ton pain, je l'ai préparé pour toi, rassasie-toi de lumière !

Pour clore ce moment de charme lumineux un oiseau dissipa au-dessus d'eux les sons clairs de son chant amoureux invitant tous les cœurs de rejoindre les rangs des âmes émerveillées, et les minutes figées par l'importance de l'événement de s'allier à l'infini de l'Éternité...

o-o-o

... En ces mêmes heures dans la ville, le Temps prenait possession des esprits et des âmes, il s'immisçait dans les cœurs pour leur souffler ses propres désirs. Les jours et les nuits se précipitaient dans la poursuite des souhaits insatiables du Temps. Le Temps dominait la ville sans partage et les citadins se mettaient à espérer qu'ils pourraient reprendre leur indépendance s'il était possible de dompter les secondes, les minutes et les heures tels des fauves tristes dans la cage d'une grande horloge.

Le seul horloger de la ville étant disparu, les citadins allèrent chercher dans les villes voisines et ramenèrent un apprenti en horlogerie censé pouvoir résoudre leur problème. Sans éprouver de remords celui-ci fouilla dans les papiers que René avait laissés dans la petite boutique place de Rêve. Il y trouva le petit croquis fait en vue de la commande de la jeune Fée des lumières. L'apprenti n'y comprit rien, il n'y vit qu'un moyen de se sortir de l'embarras dans lequel se retrouve toute personne ayant accepté une tâche qui la dépasse. Le malheureux artisan se mit au travail.

Lui-même s'étonnait de la facilité avec laquelle ce travail se faisait. L'apprenti horloger avait l'impression que quelqu'un d'autre œuvrait avec lui. Pour la première fois dans sa jeune vie, il touchait au merveilleux, sans même le soupçonner, en ressentant seulement jusqu'à son cœur l'effet bénéfique d'une présence qui collaborait à la fabrication de l'horloge... L'apprenti ignorant se transformait, à son insu et dans le secret du miracle, en allié de l'Éternité rien qu'en exécutant le travail prévu pour un autre soldat de l'infini des heures... La tâche pénible devenait une joie. Les minutes défilaient devant l'artisan en herbe comme de belles jeunes filles intimidées le jour de leur premier bal. Il les prenait dans ses bras et dansait doucement avec elles, sentait leur souffle frais sur son visage et le rythme de leur cœur sur sa poitrine, il les arrachait au Temps pour les rendre à l'Éternité sous les airs tendres d'une valse d'affection enchantée...

o-o-o

Loin de la petite boutique, René lui aussi se vouait à la danse amoureuse des minutes, mesurant le pas au rythme haletant de son cœur épris d'Éternité, à la cadence de la roue du moulin, et à celle du mouvement majestueux et mystérieux des astres célestes complices discrets de l'amour. En mâchant une paillette dorée dans la grange du moulin, il ajustait son projet de mécanisme horloger et admirait les doux rayons couleur rubis du soleil levant. L'horizon enflammé faisait la cour à l'aurore, et la lune disparaissait dans la fumée rose des nues. Rose comme les joues de Célestine qui chantait dans la cuisine préparant des brioches de la farine d'étoiles. Au bord de la petite rivière son père nourrissait les canards des mêmes graines lumineuses qui ont valu au moulin sa réputation de lieu secret. Le travail de René exprimait ce secret auquel le jeune horloger adhérait désormais. Le meunier et sa fille connaissaient son engagement et lui apportaient leur aide — Célestine avec la fidélité du premier amour — son père avec la sagesse soucieuse d'un aîné initié. Le secret de leur appartenance à l'Éternité avait pour chacun d'eux un sens particulier et propre à lui seul, néanmoins ils restaient unis dans une tendresse qui ne se révèle qu'à ceux qui s'adonnent à l'infini de la fidélité, de la tendresse, et de la vérité de l'amour. Et cette union causait du souci au Temps...

o-o-o

Rien n'allait plus pour le Seigneur d'asservissement. René avait déjoué ses projets, Blaise, l'apprenti, échappait par miracle à ses filets, les deux rejoignaient pas à pas l'étendue sans bords d'une liberté enivrante, d'une vie où la seule limite était tracée par l'Amour, le vrai arbitre de la vie, le vrai empereur de l'Univers. C'était insupportable, il était temps de les punir, de les assujettir, de les écraser. Les minutes se sont suffisamment amusées avec les rebelles de l'Éternité, on mettra fin à leur valse amoureuse...

Le Temps sortit de sa stupeur et affûta ses armes. Il réveilla brusquement les heures endormies dans les bras de leur rêve le plus cher — l'Éternité. Pauvres servantes dominées par le Temps elles se précipitèrent à la poursuite des hommes et des femmes, plus vite, encore et encore plus vite. Le Temps emprisonnait le monde dans la tourmente d'une course sans fin, épuisante et périlleuse, après les désirs, les souhaits, les projets et les ambitions qui ne mènent à rien, qui engloutissent les minutes précieuses et les heures du bonheur. Telle une grande fourmilière folle, la ville s'agitait et abandonnait la vraie vie au gré des aspirations futiles...

o-o-o

Blaise apprenait la joie de son travail par l'œuvre inspirée de René, il accédait au bonheur de créer en s'appropriant dans l'insouciance de son jeune âge la beauté d'une création, fruit d'émerveillement et d'engagement suprême. L'Éternité, clémente, lui offrait la grâce de l'amour par la passion de quelqu'un d'autre. Les âmes pures se rencontraient sans se connaître par la volonté de la bienfaisante Fée. Dans ce mouvement généreux et miraculeux Blaise prenait conscience de l'enjeu de sa tâche et de la gravité des heures qui passaient par le mécanisme conçu de l'esprit de son prédécesseur et de la bonté d'une jeune femme aux yeux souriants. Blaise grandissait, surpassait sa condition d'apprenti, sortait de l'irresponsabilité d'imposteur niais, devenait lui-même créateur... Son métier d'horloger revêtait une nouvelle importance, ce métier exprimait son être, et en le liant à l'Éternité donnait le vrai sens de sa jeune vie. La petite boutique sur la place de Rêve semblait protégée des attaques du Temps, et les heures persécutées venaient s'y réfugier sous l'abri de l'Éternité... Elles se reposaient dans la douce lumière tamisée par les feuilles des châtaigniers et observaient avec patience et gratitude, avec intérêt éveillé et constant, le travail de Blaise. La boutique place de Rêve était devenue une halte obligée dans le parcours pénible des heures. Puis les heures sortaient et prenaient à l'anglaise le chemin secret vers la montagne...

o-o-o

La montagne, le royaume de l'Éternité où René venait de terminer sa recherche du mouvement de l'infini. Célestine et son père ont appris la nouvelle avec joie et un peu de tristesse — René devait se rendre à la ville pour rencontrer sa mystérieuse visiteuse. En eux-mêmes ils se doutaient tous les deux de l'identité de l'enchanteresse, mais laissaient à René le bonheur de la découvrir par lui-même. La fille du meunier lui remit un paquet de petits pains bien dorés et une petite outre d'eau fraîche, et l'embrassa. Son père lui serra la main. Ses croquis dans le balluchon, René quitta le moulin enchanté avec la ferme décision d'y revenir aussi rapidement que possible.

Cette fois-ci il prit le chemin qui passait par le petit village où habitait docteur Boniface. Le vent léger et frais qui remuait les eaux de la rivière vive s'invita pour l'accompagner. Ce vent appartenait à la fois à la rivière et au moulin, leur communiquant sa force et sa gaieté. Nous l'appellerons ici le vent de la rivière ou le vent du moulin, ce qui sans doute lui plairait beaucoup. Ainsi ce vent enchanté s'invita-t-il au voyage. Ils firent allégrement le chemin ensemble. Le vent ébouriffait les cheveux de René et apportait à ses oreilles le chant des oiseaux. Le jeune horloger se laissait entraîner par l'élan de son compagnon qui lui rappelait la fraîcheur et la douceur de Célestine, et comme la fille du meunier avait le talent de faire battre son cœur, accélérer ses pas, travailler son imagination. René marchait la tête dans les nuages roses et violets, ajoutant dans son esprit de nouveaux détails au mécanisme inventé. Tout près de docteur Boniface il s'assit par terre pour reporter sur ses dessins les nouvelles idées. Le vent lui enlaça les épaules et se mit à côté, curieux et attentif à la contribution de son vif effort au progrès de l'horlogerie. Dans la marge du dessin il lut cette poésie : « Et les étoiles de l'Éternité brillent dans tes yeux... »

Le vent de la rivière aimait attiser le feu des étoiles — le vers lui plut. Comme il ne comprenait pas grand-chose à la mesure des heures, il se mit à répéter ce début de poème, puis à le chanter à la manière des oiseaux. Les mots s'envolaient dans l'air pur, devenaient eux-mêmes des messagers chantants de l'amour... Le vent du moulin était content de danser avec ces paroles inspirées de tendresse autour de René qui, la joie au cœur, terminait son projet.

Soudainement, en sifflant fortement, un tourbillon glacé fondit sur eux, et les prit dans son mouvement. Le vent du moulin eut la force de saisir la feuille avec les paroles d'amour, puis il la glissa prudemment sous la porte de docteur Boniface. Emprisonné dans le souffle glacial René vit s'envoler les précieux dessins, et s'écroula devant la même porte, s'endormant d'un sommeil lourd sans rêve et sans espoir...

Dans la petite maison le brave docteur préparait ses remèdes. Les senteurs intenses de la montagne remplissaient la pièce et le vent de la rivière s'agita, habitué comme il était de jouer avec les arômes... Docteur Boniface sentit sa présence fraîche et se tourna vers la fenêtre. Derrière les vitres les branches éprouvées par le souffle ennemi craquaient en se plaignant. Le médecin entendit le malaise de la nature autour de sa maison et, pressentant le malheur, ouvrit la porte. Sur le pas de sa modeste demeure un jeune homme luttait pour sa vie...

Docteur Boniface se baissa pour le prendre par les épaules et l'entrer dans la maison. Sur le plancher, à la portée de ses énormes lunettes, une feuille froissée présentait ces vers maladroits, mais inspirants : « Et les étoiles de l'Éternité brillent dans tes yeux... » Le vieux médecin pensa à son pacte avec l'Éternité — il approcha la fenêtre derrière laquelle la nuit se parait de son voile violet pour aller à la rencontre des étoiles. Docteur Boniface tendit vers les cieux un bol et la Voie lactée y versa son lait de lumière. Le guérisseur de l'Éternité le porta aux lèvres pâles de René. Le vent du moulin, devenu pour une fois visible et lumineux, souffla aux oreilles de l'horloger une des chansons de Célestine qui rendait le jeune artisan insensible aux mouvements du Temps... René ouvrit les yeux et promena ses regards dans la pièce pauvre qui embaumait les étendues sans fin de l'Éternité. Il cherchait son amour qui unissait le charme céleste de la Fée de son rêve à la beauté de Célestine. Au-dessus de lui souriait le visage soucieux et tendre du bon docteur, et le vent de la rivière par discrétion se rendit de nouveau invisible — le doux souffle de la vie habitait cette chaumière sur la route de l'infini... René respira profondément et sentit dans tout son corps la force de la vie et le désir d'Éternité.

À sa droite le jeune horloger aperçut la seule feuille sauvée du tourbillon ennemi. Il sourit et chuchota : « Le mécanisme préservant les moments de tendresse est là, ma chère Fée ! », puis remercia du regard le souffle scintillant de bonheur à ses côtés et le médecin penché sur lui. L'essentiel de son travail avait échappé à l'attaque. L'essentiel de sa vie était devant lui. L'heure était à la joie. Le vent de la rivière fit un tour de la pièce au pas de danse, de sa main aux doigts fins le docteur donnait la mesure de cette valse joyeuse, et René pensait aux deux belles qui faisaient battre son cœur. Leurs yeux allumés du même feu brillaient dans le bleu doré du soir, et cette lumière berçait son sommeil en appelant les rêves. Le vent du moulin se recroquevilla à ses côtés pour reprendre de la force et le vieux docteur se retira, remerciant la fée Éternité de la paix qui régnait dans sa demeure...

o-o-o

La paix ne revenait pas dans la plaine. En ce début d'automne, d'habitude plein de lumière chaude et de senteurs amères, des tourbillons glacés arrachaient les feuilles et les fruits des châtaigniers devant la petite boutique d'horlogerie. Retranché dans le modeste atelier Blaise terminait avec peine son travail sous l'œil hostile d'un policier moustachu. La ville attendait et espérait son horloge perfectionnée, seule issue de la guerre que le Temps avait déclarée aux citadins.

L'apprenti assagi qu'était devenu Blaise ne pouvait pas se résoudre de mettre à l'œuvre ses inventions conçues pour l'Éternité pour faire avancer le mécanisme à compter le Temps. Était-il possible de confondre l'adversaire méchant et redoutable avec les armes de la charmante Fée ? C'était la question qui tourmentait Blaise en ce matin qui enveloppait de brouillard la place de Rêve.

Dans la grisaille avançait gracieusement une frêle silhouette qui s'arrêta à la porte de la boutique ouverte sur la place en cette heure de la journée naissante. Blaise la regardait yeux grand ouverts et le souffle lui manquait — cette ombre d'une grâce fragile, étrangement belle dans le cadre de la porte, ressemblait à s'y méprendre aux minutes enchantées de l'Éternité, tendres cavalières de danses amoureuses inoubliables. Le pauvre apprenti horloger fit tomber par terre une des pièces précieuses du mécanisme qu'il assemblait...

La silhouette glissa toujours avec la même grâce dans l'atelier, se baissa, ramassa la pièce comme si elle cueillait une fleur et la posa devant Blaise qui machinalement l'introduisit dans l'horloge sans perdre un seul instant la vue de la belle.

— Bonjour ! — dit celle-ci d'une voix chantante, – puis-je ramasser les châtaignes devant votre porte ?

— Je vais même vous aider — répondit le jeune artisan qui entendit de loin le son de sa propre voix comme un accord de la valse du bonheur...

Pendant que Blaise s'adonnait à la joie de l'effort commun avec la jeune fille si étrangement belle et légère dans l'ambiance pesante de la ville, le policier qui surveillait son travail sortit de la boutique le mécanisme de l'horloge, le monta dans un carrosse sombre tiré par des chevaux accablés de fatigue, et certains plus tard étaient persuadés d'avoir vu les guider vers la place de la Mairie un cocher férocement pressé... Blaise, à son retour, resta désemparé au milieu de son atelier, serrant dans sa main un marron. Il se tourna vers la porte, mais la belle demoiselle avait fondu dans le brouillard à peine percé par les rayons de l'aurore... Faisant écho à son désespoir une voix inconnue arriva à ses oreilles :

— Mais qu'a-t-on fait à ma boutique ?! — du brouillard sortirent un jeune homme, une fille, un monsieur âgé au visage soucieux, et un autre d'à peu près même âge aux traits sereins mais tristes. Un petit âne regardait derrière l'épaule de la fille comme s'il demandait explication à Blaise. Ce petit groupe semblait si uni par une amitié prouvée, par un été étoilé d'amour, par la complicité d'une appartenance commune à tous, par une force malgré la fatigue qui se lisait dans leurs yeux, que le jeune apprenti eut soudainement le vif désir d'adhérer à cette puissance paisible et généreuse. Ici même, sur la place de Rêve, il leur confia son histoire.

48

– Au travail — lui dit avec simplicité René à la fin du récit – il n'y a pas une minute à perdre ! Les deux horlogers entrèrent dans la boutique et leurs amis s'assirent autour de la petite fontaine de la place. Le menu âne eut son sac de graines scintillantes ; le docteur, le meunier et sa fille — leur pain d'étoiles ; et tous — l'eau de la fontaine. Le ciel au-dessus d'eux devint rose, puis couleur d'or, et enfin se changea en violet quand les deux artisans devenus camarades dans la lutte contre le Temps sortirent de l'atelier. C'était l'heure où le jour et la nuit se rencontrent. Dans le crépuscule encore éclairé par les flambeaux rouge-violine du coucher du soleil montait au loin le bruit des voix inquiètes d'une multitude. René, Blaise et leurs amis se dirigèrent vers la place de la Mairie d'où venait le tumulte.

o-o-o

... Ce groupe soudé d'amis allait à la rencontre de l'Éternité, chacun par son propre chemin, au gré de son propre amour, par la force de sa propre foi en un rêve. On approche l'Éternité au bout d'un long combat avec le Temps, au prix des heures consacrées à le confronter et des blessures saignantes au plus profond du cœur. Le Temps essaie d'affirmer son pouvoir, et les minutes qui passent telles des flèches aiguës percent le courage des soldats du rêve d'infini. Seule la foi leur vient au secours. René, Blaise et leurs compagnons marchaient sur les derniers mètres de cette longue voie de lutte et d'accomplissement, et l'Éternité ajoutait de la perspicacité à la foi de ses alliés... À l'horizon, le soleil couchant reprenait ses forces comme la flamme d'amour et d'espoir qui mouvait les amis. Ils frayaient non sans efforts leur chemin vers la Tour de l'Horloge quand Blaise aperçut, écrasée par la foule, blottie contre un mur, une petite silhouette auréolée par la lumière étrange de cette soirée si différente des autres départs du soleil au pays des rêves... Le jeune apprenti prit par la main cette fille lumineuse, l'entraîna dans la marche de ses copains, toujours en avant, tout près de la Tour, là où le bruit des voix devenait plus compréhensible, et les amis entendirent comme une plainte :

– Le soleil ne se couche pas, nous avons besoin de repos !...

À l'horizon l'ardente fleur rose du soleil décorait de son éclat un ciel clair et frais qui aurait fait la joie de chacun si la fatigue de lourd labeur au service du Temps ne pesait sur les épaules des citadins. Les amis s'arrêtèrent un court instant devant la beauté inhabituelle de la révélation céleste, révélation d'un secret que chacun d'entre eux portait dans son cœur — le cachet de leur appartenance à l'Éternité, à la lumière qui donne la vie et ne disparaît pas — ce mystère devenu réalité dans la brillance rose d'un soir sans crépuscule qui descendait les collines lointaines de la montagne et faisait son entrée victorieuse dans la ville. L'Éternité leur envoyait son salut, et le soleil doux puisait ses forces dans leur amitié profonde pour la Fée de la vie.

René et Blaise se séparèrent du petit groupe et approchèrent la Tour de l'Horloge portant ensemble le mécanisme construit d'un effort commun : la foule leur libérait le chemin et les suivait du regard comme un seul homme. Portant leur œuvre avec précaution, comme on porte un espoir fragile, comme on préserve une idée lumineuse qui n'a pas encore fait ses preuves, les deux horlogers gravirent l'escalier étroit de la Tour. Un souffle lourd et saccadé descendait les marches à l'encontre de leurs pas complices. Le Temps dormait accoudé sur le mécanisme inachevé et les heures mortes de son règne chevauchaient ses rêves, hantaient ses cauchemars. Le souffle brisé par la peur et les remords, le frère jumeau de l'Éternité atteignit dans son sommeil la frontière du royaume de celle qu'il avait toujours essayé de déshériter — les hommes l'appelaient la Fée de la lumière, lui seul connaissait son vrai nom — sa sœur, l'Éternité, son

éternelle rivale... La lumière luisait puissante et généreuse, elle caressait l'Étendue désolée de reflets roses et pourpres, une vraie déclaration d'amour pour celle qui les a mis au monde, tous les deux. Le Temps gémit douloureusement et les deux maîtres horlogers se virent projetés par le son sourd quelques marches plus bas où une main forte et tendre prit chacun par l'épaule et apaisa leur frayeur. Ils tournèrent leur regard en direction de cette puissance de soutien inattendue et fermèrent les yeux, éblouis par l'éclat de la Fée de la lumière.

– Pas une seconde à perdre ! – s'exclama celle-ci – faites votre travail, moi, je vais m'occuper de l'horloge céleste. L'Éternité sortit de son réticule en argent un essaim d'abeilles dorées et les poussa vers le Temps dormant. Puis elle expliqua tranquillement aux deux amis : – Ce sont les instants de l'avenir, elles seront désormais les gardiennes de cette horloge. L'Éternité saisit ensuite la main du Temps et la secoua gentiment :

— Viens, on va rattraper les heures perdues, on va les transformer en bonheur ! Le Temps sortit de son cauchemar et prêta oreille au chant des abeilles dorées. Le soleil, rouge d'effort, écoutait ce chant enchanteur en fermant ses yeux enflammés... Les deux maîtres horlogers quittèrent la Tour en s'assurant que l'horloge de l'Éternité était bien en marche vers l'avenir...

En bas, près du vieil orme au milieu de la place de la Mairie, se formait un groupe de gens joyeux autour de docteur Boniface. Le brave médecin tenait dans ses mains un rayon de miel et en donnait à chacun avec généreux et tendre sourire. Les abeilles gardiennes avaient élu un creux dans le tronc majestueux de l'arbre pour y préparer des rayons de miel aux couleurs de la lumière, un miel qui guérissait les blessures du Temps. Nos deux artisans retrouvèrent aux côtés du bon docteur leurs tendres amies, ainsi que le meunier tenant les brides du petit âne.

Le toc toc des sabots de ce dernier donnèrent le rythme à leurs pas qui suivaient l'Éternité dans sa marche de triomphe à l'heure où le Temps apprenait à aimer...

Élégance

Peinture sur taffetas de Svétoslava Prodanova-Thouvenin

Des mêmes auteurs :

Prodanova-Thouvenin, Svétoslava (SPTh),
Thouvenin, Patrick (PTh)

Chez le même Éditeur :

Books on Demand GmbH,
12/14 rond-point des Champs Élysées,
75008 Paris, France
www.bod.fr

Collection
"Contes et Merveilles"

Poésie en prose, contes

Le Ciel des Oiseaux blessés
auteur SPTh
ISBN 978-2-8106-1874-3
1ère édition, 1er dépôt légal : juin 2010
2ème édition, dépôt légal : décembre 2010

À l'heure enchantée de l'amour
auteur SPTh
• 1ère édition :
ISBN 978-2-8106-1963-4
dépôt légal : août 2010
• 2ème édition révisée :
ISBN 978-2-8106-1349-6
dépôt légal : juillet 2011

Contes du Temps
auteur SPTh
ISBN 978-2-8106-1926-9
dépôt légal : septembre 2010
(2ème édition prévue : fin 2011)

Le Continent inexploré
auteur SPTh
ISBN 978-2-8106-1234-5
dépôt légal : mars 2011

Dans un Jardin perdus
auteur SPTh
à paraître fin 2011

Série :
Ad Astra

Un roman à suivre, à l'infini...

Ad Astra
Tome 1
Prologue
auteur SPTh
ISBN : 978-2-8106-1186-7
dépôt légal : avril 2011
(2ème édition prévue : été 2011)

Ad Astra
Tome 2
Le journal d'Orion
auteur SPTh
à paraître été 2011

Ad Astra
Tome 3
Le rêve d'Astra
auteur SPTh
à paraître hiver 2011

Série :
Les aventures de Kécha

*Un conte tendre et profond,
déclaration d'amour à la Création*

Les aventures de Kécha
Tome 1
La prophétie des Innocents
auteur SPTh
à paraître été 2011

Les aventures de Kécha
Tome 2
auteur SPTh
à paraître printemps 2012

Collection
"Conversations spirituelles"

Essais spirituels et philosophiques

Les sentiers de la consécration
auteurs PTh & SPTh
à paraître fin 2011

Histoire des Cieux et de la Terre
auteur PTh
à paraître 2012

Site Web de l'auteur :
www.lescheminsduvent.net
Courriel :
lescheminsduvent@wanadoo.fr